Kasvu

JASSUN TARINA

Yueyangista Hyvinkäälle

Outi Ikonen

omistan tämän historiikin (kertomuksen tähän mennessä eletystä) Jassulle

Osa tarinan henkilöiden nimistä on muutettu, mutta kaikki tapahtumat ovat todellisia.

© 2020 Ikonen, Outi
Kustantaja: BoD – Books on Demand, Helsinki, Suomi
Valmistaja: BoD – Books on Demand, Norderstedt, Saksa
ISBN: 9789528024729

CHANGCHA, KIINAN KANSANTASAVALTA

Heräsin, kun Finnairin reittilento oli jo laskukiidossa Beijingiin (Pekingiin). Alkumatkasta olin katsellut lentokoneen ikkunasta Siperian kaupunkeja, valopisteitä pimeydessä. Mutta sitten en enää jaksanut muuta kuin käpertyä omalleni ja viereiselleni tyhjälle istuimelle nukkumaan.

Meidän oli pitänyt hakea adoptiovauvamme Kiinasta yhdessä. Mutta kahta päivää ennen hakumatkaa puolisolleni Mikolle tapahtui aivoinfarkti. Kuuluimme ryhmään, jonka oli määrä tuoda seitsemän vauvaa uusiin koteihin Suomeen. Siihen orpokotiin, jossa meidän tyttäremme odotti, ei ollut mahdollista päästä muutoin kuin tämän ryhmän mukana. Joko hakisin lapsemme Kiinasta ilman puolisoani, tai sitten vauva jäisi toistamiseen hylättynä orpokotiin.

* * *

Tyttö itki pää punaisena paksussa talvivaatetuksessaan. Lastenhoitaja oli juuri tyrkännyt hänet ja tuttipullon syliini hotellin aulassa. Sitten hoitaja vain lähti, kuten muidenkin vauvojen saattajat. Ehkä heidän kulttuuriinsa kuului, ettei kannattanut jäädä tunteilemaan.

Suomalaisryhmämme oli kiinalaisen oppaamme Jessen avustuksella päässyt Beijingistä jatkolennolla Changchaan, Hunanin osavaltion pääkaupunkiin, jonne orpokoti toimitti lapsemme Yueyangin kaupungista. Olin ennen Suomesta lähtöä juossut ne kaksi Mikon sairastumisen jälkeistä päivää kuumeisesti keräämässä lupia ja leimoja päästäkseni hakemaan vauvan ilman puolisoani. Kiinan konsuli Helsingissä, "his excellency", oli ymmärtäväinen, mutta nuori venäläinen naislääkäri Hyvinkään sairaalassa ei. Jonotin häneltä viisi tuntia todistusta siitä, ettei Mikko aivoinfarktinsa takia voi lähteä lennolle. Sitten suomalainen sairaanhoitaja puuttui tilanteeseen ja painosti lääkärin kirjoittamaan lausunnon. Tämä hoituri, arjen enkeli, mahdollisti matkaan pääsemiseni.

Ja nyt ihmettelin kiinalaisen hotellin aulassa, mitä tehdä tälle vaaleansinisiin toppavaatteisiin puetulle käärölle, joka oli huutamassa päätään puhki. Oli helmikuu 2003. Changchassa oli poikkeuksellisen kylmää, pikkupakkasta, mutta hotellin ja kauppojen ovet pidettiin sepposen selällään auki. Tavallisten ihmisten kodeissa ei ymmärtääkseni ollut lämmitystä lainkaan.

Bussimatkallemme Changchan lentokentältä hotelliin oli järjestetty parikymppinen nuorukainen laulamaan yhdysvaltalaisia kotiseutulauluja. Kuultiin "Sweet Home Alabama" ja "Country Road, Take Me Home". Vietin lukioikäisenä vaihto-oppilasvuoden Yhdysvalloissa, mistä luullakseni sain rohkeutta myös kansainväliseen adoptioon. Mutta nyt menin kananlihalle myötähäpeästä. Vaikka amerikkalaiset olivatkin vuonna 2003 tärkein kiinalaislapsia adoptoiva kansakunta, olisin kuvitellut heidän haluavan mieluummin tutustua kiinalaiseen kulttuuriin kuin pönkittävän omaansa.

Vai kiinalaisetko tässä olivat halunneet osoittaa vieraanvaraisuuttaan länsimaalaisille? Bussissa laulaneen pojan katse oli aika vauhko, kun hän tajusi, ettemme olleetkaan amerikkalaisia. Mutta taputimme hänelle silti. Liennytyksen hengessä edettiin, ja kiinalaiset arvostivat meitä adoptiolapsen hakijoita. Kun menimme ryhmänä vaikka hotellin ravintolaan syömään, monet paikalliset silittivät vauvojen tukkaa ja sanoivat "thank you".

Kannettuani tytön hotellin aulasta huoneeseeni kuorin hänet esiin tamineistaan. Hän oli kahdeksan kuukauden ikäinen, mutta vain 62 cm pituinen ja 6 kilon painoinen, sekä niin veltto, ettei pystynyt kääntymään selältä vatsalleen. Hänen fyysinen tilansa taisi vastata kolmen kuukauden ikäistä suomalaisvauvaa.

Oppaamme Jesse tuli varmistamaan, että saan tytön ruokituksi (Suomesta tuomillani soseilla ja maitovalmisteilla). Hoitajan jättämä maitopullo oli silminnähden likainen, sen sisältöä en uskaltanut käyttää.

Hotellista oli mahdollista lainata lastenrattaita ulkoiluja varten. Jesse suositteli minua ottamaan mieluummin rattaat kuin kengurupussin, jotta en rasittaisi itseäni, ja sanoi että ulkoilu olisi turvallista. "Kengurupussi" siis oli aikuisen olan yli vedettävä riippumatto vauvalle. Kuitenkin, kun käteni puristivat rattaiden kahvoja, en lainkaan huomannut pientä poikaa, taskuvarasta, joka vei lompakkoni.

Hetkessä ympärilleni kerääntyi kymmenien kiinalaisten kiihtynyt joukko. Ymmärsin, että he eivät olleet minulle vihaisia, mutta sen pitemmälle tilanteessa ei päästy, ennen kuin suomalaisryhmämme toinen perhe osui paikalle. Pyysin hälyttämään Jessen.

-This is a terrible face-losing, kamala kasvojen menetys, pahoitteli Jesse minulle.

Rauhoittelin häntä, että lompakossani ei ollut paljonkaan rahaa, enimmän osan olin jättänyt hotellihuoneen turvasäilöön. Jesse pyysi ymmärtämystä pienelle taskuvarkaalle. Hän ennusti, että pojan tulevaisuus voisi olla synkkä.

Changchan jälkeen suomalaisryhmämme palasi Beijingiin odottamaan maahantulolupia Suomeen. Beijingissä valmisteltiin vuoden 2008 olympialaisia.

Tunnelma kaupungissa oli kylmän kolkko. Tyttö kulki taas "kengurupussissa", jota kannoin olallani. Siinä hän vaikutti viihtyvän. Kahden vanhemman perheet käyttivät lastenrattaita tai muuten vuorottelivat vauvansa hoidossa, mutta minulla meni näin, että välillä olin vuorokaudenkin syömättä.

Kaikilla meillä uusilla vanhemmilla oli paljon opeteltavaa, Jesse sukkuloi aputyttönsä Tiantianin kanssa auttamassa, minkä ehti. En halunnut heittäytyä kiinalaisten adoptio-opastajien murheenkryyniksi, vaan kestin sitten vain nälkäni. Tyttö sentään alkoi luottaa minuun, joten vinolla huumorilla päättelin, että jotain hyvää on Kiinan kansantasavaltakin saanut aikaiseksi.

Teini-ikäisenä Jassu kertoi kaveriensa kutsuvan häntä "torilapseksi", vaikkei häntä ollut löydetty torilta, vaan lastenkodin portilta. Käsittääkseni nimitys on kuitenkin humoristisen   hyväksyvä,   ei   rasistinen.

1. YLÄKOULUUN, SEISKALUOKKA!

Jo ennen Kiinan-matkaani olin Mikon kanssa pähkäillyt, mikä tytölle nimeksi. Ehdotin Auria, koska se toi mieleeni auringon. Mutta sitten huomasin, että vaihto-oppilasvuodelta säilyneet amerikkalaisystäväni lausuisivat sen kuten sanan "awry", mikä tarkoittaa pieleen mennyttä. Se siitä ideasta.

Mikko ajatteli nimeksi Ainoa, koska tytöstä tulisi ainoa lapsemme. Perustelu kuulosti söpöltä, mutta nimen äänneasu toi mieleeni pelkän tokaisun: "ai, no?"

Halusin, että nimi tarkoittaisi jotain, kuten Aasiassa on tapana. Lapsemme kiinalainen nimi merkitsee "taiteellista lootusta". Sitten Mikko keksi Jasminin, joka on vaalea kukka kuten lootuskin. Päätimme, että jos Kiinasta poistumisen yhteydessä tytön passiin pitäisi ilmoittaa myös länsimainen nimi, se olisi Jasmin.

* * *

Kuutosluokkalaista, 12-vuotiasta Jassua jännittää niin, että kädet tärisevät. Hän on pyrkimässä yläkouluun Hyvinkäällä juuri käynnistyvälle, ainoalle urheilupainotteiselle luokalle. Yksi toisensa jälkeen muut pyrkijät, myös Jassun alakoulun luokkakaveri Saana kutsutaan odotushuoneesta haastatteluun. Saana toteaa ihmeissään minulle, ettei ole koskaan nähnyt Jassua näin jännittyneenä.

Asia on iso Jasminille. Hänellä on ainutlaatuinen tilaisuus päästä oppilaaksi samaan Vehkojan kouluun, jossa minä, hänen äitinsä, opetan biologiaa ja maantietoa. Olen ottanut tyttöni tutustumaan työpaikkaani monta kertaa. Hän haluaa tänne.

Kun Jassu oli kolmevuotias, haastattelin häntä Vehkojalla keskusradion kautta lähetettävään päivänavaukseen.

- Mikä sinusta tulee isona?

- MAATILAN EMÄNTÄ!

- Mitä emännän pitää osata?

- Kantaa lehmiä eläinlääkäriin, jos ne on kipeitä.

Silloin purin huultani. Nauratti.

Koulun tarkkasilmäinen kanslisti kertoi huomanneensa, että tyttö ilmehti kuin minä ja käveli samaan tyyliin kuin minä. Ekaluokkalaisena Jassu osallistui yläkoulun vappunaamiaisiin pukeutuneena perhoseksi, jota minä hyönteistutkijana yritin pyydystää.

Urheiluluokalle pyrkimisen aikoihin yläkoulun uudella rehtorilla oli jo niin selkeä käsitys Jassusta, että hänet otettiin haastatteluun vasta viimeisenä. Ja hän pääsi luokalle.

Seiskaluokan syksyn aloitukseen liittyi odottamattomiakin kuvioita. Luokanvalvojana toimiva jumppaope raportoi minulle, että Jassun suunnistustunti ei sujunut ihan odotetusti. Rastit jäivät löytämättä ilmeisesti liittyen siihen, että Jassu palasi metsästä luokkalaistaan poikaa halaillen.

Tyttäreni oli alkanut kiinnostua pojista jo viitosluokkalaisena, jolloin muistan saman tapahtuneen itsellenikin. Jassun mukaan kuutosluokalla tytöt jo tosissaan keskenään juonittelivat siitä, ketkä milloinkin kelpuutetaan seuraan ja kuka kulloinkin jätetään ulkopuolelle. Siksi Jassu alkoi hakea tyttökaverinsa muualta kuin omalta luokaltaan ja viihtyi seiskaluokalla poikien seurassa.

-Pojat ovat reilumpia, sanoo 13-vuotias Jasmin. Voihan tuo siinä ikävaiheessa pitää paikkansakin. Seiskaluokkalainen Jassu on yltiösosiaalinen, korostetun iloisen oloinen ja käänteissään nopea. Koululla näen häntä välituntisin ja ruokailussa, ja aina hänellä on seuraa.

Rehtori oli päättänyt, että en kuitenkaan opeta Jassua, ja tämän päätöksen perustelut ymmärsin. Vältyin jääviysongelmilta, kuten sellaiselta epäilyltä, että olisiko tyttöni voinut nähdä koekysymykset etukäteen.

Itse olen ihmissuhteissani hitaammalle viritetty kuin sähikäinen Jassu. Siksi jään miettimään, mahtaako hän ihan ymmärtää tilannettaan "kaikkien kaverina", vaikka sitä hän haluaa olla. Kuinka pitkään kullekin pojalle riittää vain viipale kiinattaren huomiosta? Tyttöjen keskuudessa Jassu näyttää joutuvan kilpailemaan – eksoottisella ulkonäöllään, muodikkuudellaan, sopivan "viileällä" esiintymisellään. Entä kuinka pitkään pojat jaksavat Jassua, ennen kuin alkavat kyllästyä "kaikkien kaveriin"?

* * *

Syysloman jälkeen Jasmin toteaa jotenkin siipeensä saaneen oloisena:

-Äiti, ei ne muut opet taida tykätä, kun sinä ja minä käymme samaa koulua.

-Miten niin?

-No bilsantunnilla reksi räyhäsi, että urheiluluokka on YLIRYHMÄYTYNYT. Ollaanko me liian läheisiä keskenämme ja minä vielä sinun kanssa?

-Hmm, täytyy ottaa puheeksi…

-Ja liikunnassa meillä oli koripalloa. Ihmettelin luokanvalvojalle, miksi korin taustalevyssä on neliönmuotoinen kuvio.

-Ja sitten…

-Olen kuulemma kovin kärsimätön.

Eikä tässä ole siltä päivältä vielä kaikki, tietenkään. Kun alkaa tapahtua, niin alkaa tapahtua. Tässä vaiheessa kysyin teiniltäni, onko hän mahdollisesti esiintynyt sellaisella tavalla, jonka kollegani olisivat tulkinneet nenäkkyydeksi tai näsäviisasteluksi.

Jassun mukaan hänellä ei ollut mitään kieroja pyrkimyksiä. Koska olen hidas dinosaurus, jäin taas miettimään – tällä kertaa sitä, oliko järkevää kasvattaa tytöstä pohtija ja kyselijä. No, järkevää se ei ehkä ollut, mutta se oli ainoa toimintatapa, jonka omatuntoni salli.

Teinini syyspäivän viimeisteli englannin tunti, jonka aiheena olivat harrastukset. Tyttö oli ihmetellyt, voiko SAUVAKÄVELYN (nordic walking) luokitella urheiluharrastukseksi, jossa kilpaillaan. Ope oli hämmentynyt, eikä ollut vastannut ollenkaan.

* * *

-Äiti, älä kuole! Mutta jos kuolet, niin järjestän kyllä itselleni asuinpaikan. Voin mennä aluksi vaikka Vivin luo.

Urhea tyttöni! Jasminin adoptioisä Mikko oli poistunut kuvioistamme, joten Jassu oli ilmeisesti käynyt mielessään läpi kaikki tyttökaverinsa miettiessään, miten jatkaisi elämäänsä. Minut oli nimittäin määrätty selkäleikkaukseen, ja koska poden veren hyytymisheikkoutta, Jassu oli varma, etten selviäisi operaatiosta.

Taivalsin marraskuun loskassa kolmesti Hyvinkäältä Helsinkiin selkäleikkausta varten. Joka kerralla joku kiireellisempi potilas vei minulle varatun ajan. Lopulta lääkärit totesivat, että pärjään ilman leikkaustakin.

Jassun ei siis tarvinnut muuttaa Vivin perheeseen, vaikka hän muuten yökyläili ahkerasti eri kavereiden luona. Seiskaluokalla Jassu selvästi muodosti "ekologista lokeroa" itselleen — Ja onnistui. Opettajatkin tottuivat touhukkaaseen, kovaääniseen Jassuun, joka välituntisin usein kailotti käytävällä:

-Äitiii! Moneltaks pääset? Kerkeeks viemään mut luisteluun? Ota tää mun märkä takki kuivumaan!

2. MANTELIPUUN PÄIVÄKODISTA PAAVOLAN ALAKOULUUN

Siperianhuskyni Vargo osasi jotenkin odottaa vauvan saapumista. Olin puhunut koiralle, että pian mekin ulkoilisimme lastenvaunujen kanssa. Nyt husky sitten yritti kurkkia kaikkiin näkemiinsä lastenvaunuihin. En voinut kuin ihmetellä eläimen kykyä ymmärtää.

Puolisoni Mikko ei ollut yhtä valmistautunut pikkuisen käärön tuloon. Toki hän oli Joensuusta saapuneiden vanhempiensa kanssa meitä vastassa Helsinki-Vantaan lentokentällä. Olin pukenut vauvan äitini kutomaan sinivalkoiseen villapaitaan. Oli helmikuu vuonna 2003, ja Jassu sai ensikosketuksensa Suomeen kengurupussissa.

Kiinalaisen orpokodin lähettämän raportin mukaan Taiteellinen Lootus vaati enemmän huomiota, ruokaa ja unta kuin muut hoitolan vauvat. Kuitenkin juuri hänet oli valittu Mikon ja minun tyttäreksi. Ehkä päätös perustui siihen, että olimme opettajia. Kiinalainen MATCH MAKER, jonka kuvittelen keski-ikäiseksi rouvaksi, oli ehkä arvellut, että ammatillisen taustamme vuoksi tulisimme toimeen tällaisen vilkkaankin lapsen kanssa. Ehdottoman hyvä päätös, mutta silläkin oli seurauksensa.

Mikko halusi olla potilas isolla P:llä. Hän ei jaksanut osallistua vauvan hoitoon, vaan odotti, että ehtisin hoitamaan vauvan ja koiran vaatimusten lisäksi myös hänet. Taiteellinen Lootus puolestaan lakkasi nukkumasta sillä hetkellä, kun saapui Suomeen. Kannoin häntä yöaikaan kengurupussissa huoneesta toiseen, kunnes uupuneena jouduin laskemaan hänet nojatuolille tai sohvalle. Itse tuuperruin hänen viereensä lattialle puoleksi tunniksi, jonka jälkeen heräsin taas vauvan itkuun.

Tilanne johti rajuun riitaan Mikon kanssa. Isäni, joka on yleensä syrjäänvetäytyvä, totesi silloin painokkaasti, että näin ei voi jatkua. Mikko lähti sitten asumaan meistä erilleen.

Husky Vargo oli jo vanha, poti nivelrikkoa ja sydämen vajaatoimintaa. Huolellisesti vauvaa varoen koiruus kuitenkin kömpi sänkyni jalkopäähän öiksi. Siinä minä sitten ihmettelin pientä perhettäni (olen muuten tainnut käyttää aika ison osan elämästäni ihmettelyyn). Olin 36-vuotias, saman ikäinen kuin Walesin prinsessa Diana kuollessaan auto-onnettomuudessa. Ja tämän ikäisenä myös näyttelijä Marilyn Monroe kuoli. Mikko luisui vähitellen omaan maailmaansa, eikä minulla ollut islaminuskoista (tai muutakaan) miesystävää, niin kuin Dianalla, tai kuten Marilynillä taisi olla molemmatkin Kennedyt. Mutta minulla oli kasvatettavana puhemies Maon näköinen, töyhtötukkainen lapsi. Tunsin, että 36 vuotta on tärkeä ikä, jonkinlainen "kulminaatiopiste", kuten jääkiekkovalmentaja Sakari Pietilä olisi TV:n Urheiluruudussa tohottanut.

Elämälläni oli tarkoitus. Tosin siihen sitten sotkeutui äitini, joka oli ensireaktionaan adoptiosuunnitelmaani tuhahtanut:

-Kiinasta – eikö niitä lapsia saa lähempää?

Myöhemmin hän jotenkin löysi velvollisuudentuntonsa ja ilmoitti haluavansa hoitaa Jassua sen kevään, jolloin palasin töihin. Tyttö täytti silloin 2 vuotta.

Kevään kuluessa äitini sai eläväisestä taaperosta tarpeekseen, joten edessä oli päivähoitopaikan etsintä syksyksi. Arvelin, että perhepäivähoito olisi kotoisa ratkaisu, mutta hoitaja ei lainkaan ymmärtänyt Jassun touhukasta luonnetta. Hoitopäivien aikana tapahtui housuun pissaamisia ja itkukohtauksia – Jassulle siis.

Sitten marraskuussa Mantelipuun kristillinen päiväkoti järjesti avointen ovien tilaisuuden. Tykästyin paikkaan heti. Siellä oli tilat 25 lapselle. Jassu otettiin avosylin vastaan, ja hän viihtyi Mantelipuussa kouluikäänsä asti.

Joitain ongelmia aiheutui vedestä monissa olomuodoissaan. Vielä esikoululaisena Jassu sukelsi päiväkodin pihan kuralätäköihin kumihaalareissaan, vaikka vuotta nuoremmat tytöt jo diivailivat keväthameissaan lätäköitä vältellen. Määräsin Jassun osallistumaan apunani kuravaatteiden pesuun. Mutta ei auttanut – seuraavana päivänä sama pyykki oli taas edessä. Jassulla ei kerta kaikkiaan harkinta ehtinyt toiminnan edelle.

Kesäisin naapurintyttö Mallan kanssa Jasmin kylvetti pihallamme Barbi-nukkeja ja ripusti niitä kirsikkapuumme oksille kuivumaan. Jouduin aika kovasti iskemään nyrkkiä pöytään siitä, että pihalammikossamme nukkeja ei uiteta, vaan minulta haetaan vati vesileikkeihin.

Pihalammikko oli kaivettu 80 cm syväksi, jotta lumme voisi talvehtia jäätymättä. Päättelin, että tässä tuhansien järvien maassa täytyy lastenkin oppia kunnioittamaan vesielementtiä. Jos me kaikki suomalaiset olisimme lotrailleet rannoilla itsemme hukuksiin, en tätäkään tekstiä tietenkään nyt kirjoittaisi. Jopa Kiina-tyttöni lopulta oppi, tosin sillä hinnalla, että verenvuotoherkkänä se kädensyrjä, jota hakkasin pöytään Jassulle saarnatessani, tuli aivan siniseksi. Muutamaan kertaan jouduin myös kaappaamaan tyttäreni pois leikeistä vyötäröstä kantaen, kun turvaohjeeni eivät pelkästään kuultuina menneet perille.

Mutta näistä toimenpiteistäni tytölleni ja minulle rakentui pitkälle kantanut suhde. Olin kuullut sekä sosiaalityöntekijöiltä adoptioneuvonnassa kuin myös adoptioperheiden yhdistyksestä varoituksen. Teiniksi kasvanut adoptoitu huutaisi jonain päivänä:

-Sä et ole mun oikea äitini! Sä et saa määräillä mua!

Jasmin on nyt 16-vuotias, varsin itsetietoinen nuori nainen, mutta tätä huutoa ei ole kuulunut.

Perjantaisin päiväkodissa pidettiin pyhäkoulua, jossa käsitellyt asiat usein askarruttivat Jassua. Kuten Jeesuksen ylösnousemus:

-Oliko se Jeesus kovin multainen ja ryppyinen, kun se heräsi sieltä haudasta?

* * *

Mikko kävi meillä viikonloppuisin, mutta käyttäytyi eristäytyvästi. 4-vuotiaana Jassu kertoi ihmeissään naapurin Mallan kodissa vierailtuaan, että "siellä ne isä ja äiti nukkuvat vierekkäin". Koin, että Mikko odotti minusta edelleen itselleen hoivaajaa, vaikka hän oli toipunut aivoinfarktistaan autoa ajavaksi ja työkykyiseksi. Hän oli myös arvostettu ope koulussaan. Mikon yläkoululaiset oppilaat jopa valitsivat hänet "Maakiven koulun vuoden miesopeksi".

Mutta minulle Mikko kiukutteli, että olin "vaihtanut miehen koiraan". Olin tosiaan husky Vargon jälkeen hankkinut taloon mustan kääpiöpystykorvan, mittelspitz Epun, jonka tulosta 2-vuotias Jasmin oli haltioissaan. Halusin tyttäremme oppivan koiran kautta toisten huomioonottamista, mutta Mikko tulkitsi tilanteen niin, että minulta jäi nyt entistäkin vähemmän aikaa hänelle.

Eläimet kuitenkin ovat kiinnostuksen kohteeni, harrastukseni ja henkireikäni. En osaisi elää ilman niitä. Siksi olen pitänyt akvaariotakin 10-vuotiaasta alkaen, aluksi vanhempieni tuella. Päättelin sitten, että jokin harrastus olisi hyväksi Jassullekin. Se toisi uusia virikkeitä ja voisi kohentaa tytön itsetuntoa, joka oli perhepäivähoidossa kolhiintunut.

Onnistuin saamaan 4-vuotiaalle Jassulle paikan arvostettuun Lasten ja nuorten kuvataidekouluun, mutta syyskauden mittaan kävi ilmi, että häntä kiinnosti siellä enemmän käytävillä juoksentelu kuin piirtäminen. Uutta matoa koukkuun siis.

Satuimme asumaan vain kivenheiton päässä Hyvinkään jäähallista. Joulukuussa huomasin sanomalehdessä ilmoituksen, jossa haettiin lapsia Hyvinkään Taitoluistelijoiden luistelukouluun kevätkaudeksi. Ensimmäinen kokeilukerta olisi vieläpä ilmainen.

Luistelusta tuli Kiina-tyttöni elämän oleellinen osa aina 16-vuotiaaksi asti.

Piirtämisestä Jasmin kiinnostui uudelleen vasta yläkoulussa, jossa hän otti kuviksen valinnaisaineeksi. Ysiluokalla Jassu kehitti omaperäisen, ääriviivoja ja täpliä yhdistävän piirustustekniikankin. Taiteellinen Lootus siis sittenkin hankki katetta nimelleen.

* * *

Jassun eskarikeväänä, kun hän täytti 7 vuotta, Mikko ilmoitti minulle haluavansa avioeron. En ollut yllättynyt. Itse asiassa olin pähkäillyt hakevani eroa ennen Jassun kouluun menoa, jollei Mikko sitä tekisi. Tyttö alkoi jo ymmärtää asioita, ja muutokset tulisivat sitten kerralla. Mikko oli löytänyt uuden naisystävän, ja heille elämä näytti valoisalta.

Surettihan minua, että en ollut saanut suhdetta puolisooni toimimaan. Mutta pitkä epätietoisuus päättyi kannaltani kuitenkin huojennukseen. Ikään kuin olisin taas kuullut nuoruuteni suosikkilaulajan Pelle Miljoonan kähisevän:

-Juokse, villi lapsi, juokse kauemmaksi, siellä kasvat vahvemmaksi ja vapaammaksi!

Kuvaannollisesti aloin vihdoin kiertämään sitä kuilua, jonka reunalla olin vuosia seisonut. Mikko puolestaan lähti kiertämään kuilun vastakkaista puolta. Jassu itki jonkin verran, kun kerroimme hänelle yhdessä eropäätöksestämme. Sen jälkeen kävelytin Epun junaradan viereiselle kevytliikenteen väylälle, ja heitin sormukseni Urakansillan kivikkoon. Osa minun urakastani oli nyt ohi.

* * *

-Äiti, katso!

-Mikä mytty sulla on?

-Tämä on siili, löytyi koulun pihalta. Pojat alkoivat potkia hiekkaa sen silmiin.

Ekaluokkalainen tyttöni oli odottanut kaverinsa Saran kanssa ulko-ovemme edustalla siiliä pidellen, että ehtisin omista töistäni kotiin.

-Äiti, oliko hyvä, että tuotiin tämä siili meille?

Vähän aiemmin Jassu oli kertonut myös rauhoitelleensa sylissään oravaa, joka oli eksynyt hänen toisen kaverinsa, Monican, taloon. Tietenkin olin hyvilläni Jassun rohkeudesta auttaa eläimiä. Mutta hämmennyin siitä, että sama rohkeus ilmeni myös sumeilemattomana haluna onkia, tappaa ja perata kaloja. Tosin Jassu hoiti homman finaaliin eli myös paistoi ja söi saaliinsa. Ilmeisesti minulla oli vielä opittavaa kiinalaisesta mielenlaadusta.

Ekasta neljänteen luokkaan Jasminin opettajana pysyi Tuire, keski-ikäinen, turvallinen ja asiansa osaava opekonkari. Opiskelu oli Jassulle enimmäkseen mieluisaa, vaikka luokkakaveriksi osunut ulkomaalaispoika nimittelikin Jassua "kiinalaiseksi pizzaksi". Olisi ehkä ollut rahanarvoinen idea, jos kaveri olisi tajunnut sen hyödyntää. Tätä kirjoittaessani, vuonna 2018, olen tosiaan nähnyt etnisten ravintoloiden ruokalistoilla KIINALAISIA

PIZZOJA. Ja olen miettinyt sitä, miksi ulkomaalaistaustaiset lapset eivät ainakaan vielä Jassun alakoulun aikoina löytäneet keskenään yhteistä säveltä. Ehkä monilla heistä oli tarve osoittaa olevansa "vähemmän ulkomaalainen" kuin ne muut.

Ensimmäisinä kouluvuosinaan Jassu matki kavereitaan, teki mitä hekin tekivät. Myös rikkoi kännykkänsä. Ehkä muutos Mantelipuun päiväkodin suojaisesta ympäristöstä lähiökouluun oli Jassulle odottamattoman iso. Tyttö ei silti valittanut, vaan toimi taas kerran luonteensa mukaisesti, opetellen urheasti pärjäämään. Hän kertoi, että luokan yhteishenki ei ollut kovin hyvä, vaan luokkakavereiden kesken riideltiin aika paljon. Oikeitakin kavereita löytyi silti, heidän kanssaan laskettiin talvella välitunneilla liukumäkeä "Paavolan kummulta".

Sitten koulun seinustalta löytyi oranssin värinen käärme, joka oli tullut paistattelemaan kevätaurinkoon. Tyttöni kertoi oikopäätä opettajille, että sehän on vaaraton viljakäärme, jonkun karannut lemmikki. Mutta opet eivät uskoneet häntä, vaan tilasivat tärkeinä poliisit eliminoimaan "uhkaavan matelijan".

Yritin silti opettaa Jassulle, että poliisi on ystävä. Kahteen kertaan hänen alakouluvuosiensa aikana satuimme kohtaamaan juopon, joka örvelsi ulkona siinä kunnossa, että katsoin parhaaksi tilata poliisin. Opetin tytölleni, että ihmistä ei jätetä, joten molemmilla kerroilla odotimme, kunnes virkavalta ehti paikalle. Yläkouluikäisenä Jassu sitten osasi soittaa hätänumeroon, kun humalassa toikkaroinut kaveri oli viiltänyt kätensä pahasti lasinsiruun.

Viitosluokalla, jolloin Jassulla alkoi sekä henkinen että fyysinen murrosikä, opeksi tuli jokseenkin ufologinen Mika. Hän vietti Jassun kertoman mukaan ison osan tunneista katsellen videoita karateotteluista. Oppilasryhmän mukana työskenteli aikuinen avustajakin, joka sitten antoi tehtäviä oppilaille. Kuutosluokalla Jukka yritti parhaansa mukaan saada ryhmää takaisin ruotuun. Kevätjuhlan läksiäispuheessaan kuutosille Jukka sovelsi tunnettua sanontaa:

-Te lähdette Paavolasta, mutta Paavola ei lähde teistä.

Se lausahdus osui ja upposi minuunkin. Olin käynyt Otsolan alakoulun Kotkassa, joten tiesin, että näissä lähiökouluissa oppii elämää – ja elämään.

* * *

Jassun viitos- ja kuutosluokan välisenä kesäkuun aamuna puhelimeni hälytti odottamatta. Soittaja oli Mikon isä, joka kysyi, tiesinkö mitä Mikolle oli tapahtunut.

Ruumis oli löydetty jostain Lahden kaupungin plkkujärven rantavedestä. Sen tiesin, että Mikon naisystävät olivat vaihtuneet ja hänen rahatilanteensa huonontunut. Usein hän perui Jassun kanssa sopimansa viikonlopputapaamisen. Minua säälitti nähdä tyttöni toiveikkaana punaista laukkuaan kantaen odottamassa isäänsä, joka viime tingassa viestitti, ettei nyt jaksakaan tulla.

Taas kerran, kun Mikko oli perunut tapaamisen rahapulaansa vedoten, vein Jassun kuitenkin hänen luokseen Lahteen varustettuna ruokakorilla, joka sisälsi tonnikalasäilykettä, makaronia, kananugetteja, puuroryynejä. Mikko olisi halunnut rahaa, mutta sitä en enää siinä vaiheessa antanut, koska hän ei ollut maksanut aiempiakaan lainojaan minulle takaisin.

Jälkeenpäin nähtynä itsemurhan merkit olivat ilmassa, mutta ainakaan minä en silloin osannut niitä tulkita. Mikon viimeiseksi jääneen naisystävän kertoman mukaan Mikko lopetti mielialalääkkeidensä käytön paria kuukautta ennen kuolemaansa. Miksi hän teki niin?

Olisihan tarjolla varmaan ollut velkaneuvontaa, perhe- ja parisuhdeneuvontaa. Mutta jos on kovin masentunut, ei sitten kai mihinkään ammattiauttajiinkaan jaksa tai kehtaa ottaa yhteyttä.

* * *

Jassun päiväkoti- ja alakouluvuosina myös äitini alkoi käyttäytyä entistä oudommin. Olihan hänellä aina ollut oikkunsa, kuten nakkien ostosta. Muistaakseni olin 8-9-vuotias, kun äitini lähetti minut hakemaan nakkeja lähikaupasta. Hänen yleensä käyttämäänsä nakkimerkkiä ei kaupassa ollutkaan, joten ostin toisen valmistajan nakkeja. Ja sain äidiltäni huudot siitä, että toin "turhaa tavaraa". Jos ei haluttuja makkaroita ollut, ei rahoja pitänyt tuhlata sellaiseen, mitä hän ei ollut pyytänyt tuomaan.

Äitini oli ilmeisesti päättänyt kouluttaa minua, ja lähetti siksi minut muutaman päivän päästä uudelleen ostoksille. Hänen haluamiaan nakkeja ei ollut vieläkään saapunut valikoimaan, joten en sitten ostanut minkäänlaisia makkaroita. Ja sain raivokkaat huudot siitä, että "ihan mitä vaan nakkeja" olisi heti tarvittu iltaruuaksi valmistettavaan makkarasoppaan.

Mutta nyt oli jotain merkillisempää tekeillä. Aluksi äitini vieroksui Jassua, mutta tuppautui sitten meille päivittäin. Hän halusi imuroida, tarkastaa pyykkikorimme, kävelyttää Epun, poimia jokaisen voikukan pois pihaltamme – kaiken kaikkiaan hallita elämäämme odottamattomin tavoin. En pystynyt sietämään tilannetta muuten kuin punaviiniä litkimällä.

Ekaluokalla oppilaiden Erityis-Maijaksi kutsuma erityisope totesi Jassulla hahmotusvaikeuden, jota en ollut itse huomannut. Paitsi nyt kun muistelen, tarhaikäisellä Jassulla menivät joskus "senat sakaisin". Rottinkisesta mattopiiskasta tuli "piiskamatto". Nähtyään torilla myynnissä olleen rottinkituolin Jassu kysyi:

-Käytetäänkö tuommoista piiskamattotuoliakin mattojen piiskaukseen?"

Ja leivonnassa tarvittavasta pullasudista tuli "munansivellin". Jassu ilmaisi itseään leikki-ikäisenä yllättävän luovasti. Jossain telkkarin mainoksessa oli kehotettu klikkaamaan mainostajan www-alkuista nettisivua. Tyttöni sitten janoisena leikkiensä jälkeen kiljaisi haluavansa "www, piste, vissyvettä"!

Kolmosluokalla alkoi englannin opiskelu tiukan Mr. Häkkäsen alaisuudessa. Jassu sai jälki-istunnonkin siitä, että oli juossut koulun käytävällä ja törmännyt tähän maisteriin. Nelosluokan jälkeen kävin Jassun ja uuden puolisoni kanssa Yhdysvalloissa tapaamassa 28 vuoden takaista vaihto-oppilasperhettäni. Räväkkä Jassu järjesti itsensä oikopäätä yökylään amerikkalaisperheen nuorempien edustajien luokse. Jos ei Jassun kielitaito kaikissa tilanteissa riittänyt, tyttöni otti rohkeasti elekielen avukseen. Hän eli täysillä ope-Tuiren sanoin "lapsuuden kulta-aikaa."

4.JAAKKO JA SPANIELIT

Jassu aloitti ekaluokan kipittämällä päivittäin 300 metriä kevyen liikenteen väylää pitkin koululle, joka punatiilipintoineen mielestäni muistutti Jaska Jokusen opinahjoa. Koulu on 1970-luvun tuotoksia, kuten suurin osa sitä ympäröivästä Paavolan asuinalueestakin. Asetuin silloisen puolisoni Mikon kanssa tänne asumaan, koska talon sai meille sopivalla budjetilla ja ulkoilumaastot koiralle olivat lähellä. Ja adoptiotamme ohjanneet sosiaalityöntekijät olivat vaatineet, että meidän pitää siirtyä kaksiosta tilavampaan asuntoon.

Alkujaan rehvakkaana ja vaarallisenakin pidetyn lähiön ilmapiiri oli vuosien varrella kuivettunut. Toki aluksi saatoin Jassun kouluun ja hain sieltä pois, mutta pian hän halusi osoittaa osaamistaan kulkemalla reitin itse – tai naapurin Mallan kanssa.

Olin ottanut omasta yläkoulun open työstäni syyskaudeksi vuorotteluvapaata, jotta voisin rauhassa saatella tyttöni koulupolun alkuun. Mutta millä sitten itse täyttäisin päiväni? Ilmoittauduin silloisen kansalaisopiston viikottaiselle piirustuskurssille, mutta 43-vuotiaana en vielä kokenut siellä vallinnutta, lähinnä eläkeläisten virkkauskerhoa muistuttavaa tunnelmaa omakseni. Suoritin silti kurssin.

Jassun koulupäivän päättymistä odotellessani kävelytin mittelspitz Eppua Paavolan alakoulun ympäristössä. Kummallisen usein törmäsin ikäiseltäni vaikuttavaan, tukevaan mieheen, jonka käsivarret näyttivät venyvän kahden walesinspringerspanielin ohjaimissa.

Rohkaistuin sitten esittäytymään, kuten koiranomistajilla on tapana:

-Saako haistella? Tässä on Eppu, nimi tulee siitä Jaska Jokusen kaverista, jolla tukka aina harottaa, kuten tämän koiran karvatkin. Mä olen Outi.

-Jaakko Ikonen. Käsipäivää (mikä ei kylläkään kuulunut vuonna 2009 koiranulkoiluttajien normitapoihin).

Tämän odottamattoman eleen seurauksena askelsin lokakuisina iltoina Jaakon, kahden spanielin ja Epun kanssa pimeällä, loskaisella metsäpolulla. Keskustelimme vilkkaasti, koirat hölköttelivät tyytyväisinä polun laitoja nuuskien. Luotin tuohon mieheen, vaikka olin joutunut jättämään Jassun yksin kotiin katsomaan Pikku Kakkosta telkkarista.

Huomasimme, että olimme syntyneet tärkeinä päivinä: minä 4.7. (USA:n kansallispäivänä), Jaakko 14.7. (Ranskan kansallispäivänä). Tämä oli mielenkiintoista.

Äitini luuli, että Jaakko oli joku lähistön pikkupoika, jolle maksoin taskurahaa Epun ulkoiluttamisesta. Niinpä hän, ja muu lähipiirinikin taisi yllättyä kutsusta häihimme 10.10.2010. Päivää oli huomaamattaan ehdottanut oppilaani Niko, joka harmitteli, että hänelle ei vastaavaa päivämäärää tarjoutuisi. Hän totesi olevansa liian nuori avioitumaan eikä tyttöystävääkään vielä ollut, mutta pyöreiden numeroiden päivämäärä kuulosti hänestä hauskalta.

Kahdeksanvuotiaan Jassun tehtäväksi tuli toimia morsiusneitona, joka antaa vihkisormuksen papille. Olin hankkinut tytölle syksyn sävyihin sopivan pronssinruskean, kellohelmaisen mekon, johon menneen kesän lämpöä muistellen kuuluivat vieläpä ohuet spaghettiolkaimet. Itse en seuraavaa nähnyt, koska olin polvistuneena alttarille. Mutta jälkeenpäin morsiusneitoni supatti minulle, että häneltä putosi spaghettiolkain juuri, kun hän oli tohkeissaan ojentamassa sormusta papille. Alakouluikäisellä Jassulla oli uskomaton kyky joutua tilanteisiin! Miespappi siis näki pikkutissin pilkahtavan, mutta jatkoi häkeltymättä, joten Jaakosta ja minusta vihittiin aviomies ja vaimo.

5. JOHAN OLLAAN KONKAREITA, KASILUOKKA

Seiska- ja kasiluokan väliseen kesään mennessä Jassulle oli muodostunut loputtoman laaja kaveripiiri. Siinä seikkailivat Julia, Senni ja Saana Paavolan alakoulun ajoilta, Melina ja Ronja luistelusta, Taru, Vivi, Liisa, Larissa, Ada, Ida, Emmi ja toinen Ronja... Oli toisiaan seuraava sarja poikiakin: Elmo, Roope,

Lamperi, Erik. Oli kavereita Läyliäisistä ja Orimattilasta, jopa Brasiliasta.

Brasileiroihin Jassu tutustui Helsinki Cup – jalkapalloturnauksessa, jota hän oli hankkiutunut ties kenen kaverinsa kanssa katsomaan. Turnauksesta löytyi Cao-poika, joka asui Sao Paulossa, ja vantaalainen Veronika, joka myös oli ihastunut johonkuhun brassiin. Poikien lähtiessä Suomesta jäähyväiset olivat ilmeisesti olleet tunteikkaat.

Sitten Jassun puhelimeen kilahtaa viesti Veronikalta:

-Brasilialaiset jatkavat Pohjoismaiden kiertuettaan Norjassa. Voisin päästä enoni kanssa sinne. Tuletko mukaan?

Löydän itseni Jaakon ja Jassun kanssa Helsinki-Vantaan lentokentältä. Tervehdin Veronikan äidin ja enon. Näppään puhelimeeni kuvan matkaanlähtijöistä siltä varalta, että he katoaisivat ja joutuisin hälyttämään Interpolin.

* * *

Saan tyttäreni terveenä kotiin, vaikka hän ja Veronika olivatkin olleet vähällä myöhästyä paluulennolta. Eno on aivan kuutamolla, mutisee ettei lähde teinityttöjen kanssa enää mihinkään, koska majoitushuone oli täyttynyt pizzalaatikoista ja hajuvedestä. Edelleenkään en ymmärrä, mikä aivomato oli sallinut minun päästää Jassun tuntemattomien ihmisten kanssa reissuun. Joskus elämä vain kutsuu heittäytymään, ja Norjan-matkan kohdalla tein niin. Kehotuksestani Jassu oli Norjassa jakanut Caolle ja hänen lähimmille futiskavereilleen muumi-lusikat muistoksi.

* * *

Biologiaa ja maantietoa Jassulle opettanut rexi siirtää pestin Lapista muuttaneelle Reijolle. Neljän tuulen hattua ope ei sentään käytä, mutta kasveja kerätään. Jassu ei ole kovin innostunut, joudun patistamaan häntä. Rexi on kehittänyt asiasta tiivistelmän: seiskaluokkalainen on hurmiossa, kasiluokkalainen hiipuu, ysi herää peruskoulun loppumiseen. Valinnaisaineet alkavat (Jassun ikäluokka noudattaa vielä vanhaa opetussuunnitelmaa, jossa valinnaisia ei tarjota ennen kasiluokkaa). Tyttöni valitsee kotitalouden ja kuvataiteen. Niitähän hän on opiskellut aiemminkin, ja haluaa jatkaa.

Aiemmin hyvin sujuneessa taitoluistelussa alkaa ilmetä ongelmia. Jasmin on edennyt kilpasarjoissaan tinteistä, minien ja silmujen kautta jo aluedebytantteihin. Tässä sarjassa hän on päässyt peräti aluemestariksi. Jasmin päättää kokeilla pärjäämistään kansallisessa noviisit-sarjassa. Mutta nyt hän kaatuilee hyppyjään pahan näköisesti. Nivelet ovat kipeinä. Kausi mennään läpi hammasta purren.

* * *

Äitini käyttäytyy jo niin omituisesti, että isäni ryhtyy harkitsemaan hänelle laitoshoitopaikkaa. Minustakin se olisi jo tarpeellinen, rohkaisen epäröivää isääni kirjoittamaan hakemuksen. Äitini ravaa poliisiasemalla valittamassa "häiriköistä" (häiritsevistä henkilöistä), jotka vain hän näkee ja kuulee. Iltayön tunteina hän hipsii kotoaan, puolentoista kilometrin päästä, kurkkimaan meidän talomme ikkunoista sisään. Äitini ei pysty asiaa myöntämään, mutta hänen muistisairautensa etenee. Hän saa raivokohtauksia, jos isäni estää häntä lähtemästä yön selkään.

Näihin aikoihin Jaakko tekee rankasti töitä. Koulutettavia putkiasentajaopiskelijoita on liikaa, Jaakko ei pysty keskittymään jokaisen erityistarpeisiin. Talven keskelle yöhön harhailemaan lähtenyt äitini tuodaan poliisikyydillä kotiin. Tyttöni turvautuu aina vain laajenevaan kaveripiiriinsä, yökylässä täytyy juosta jokseenkin joka toisena viikonloppuna.

* * *

Koulussa kuitenkin pidämme yhteyttä. Jassu ei edelleenkään epäröi kailottaa "Äitiii!" pitkin käytäviä, kun jotain asiaa pulpahtaa mieleen. Välillä, jos tyttöni esittää hyvän syyn (tai edes jonkinlaisen syyn), annan Jassun piileskellä jonkun luokkalaisensa koristytön kanssa bilsanluokassa, kun pitäisi mennä ulos välitunnille.

Käytävävalvojan vuoroa hoitavat kollegani ovat aina jotenkin juuri silloin kiireisinä hätistämässä käytävän kulman takaa muita oppilaita ulos.

Sitten tyttöni ryntää opehuoneen ovelle selostaen vauhkona:

-Mulla tulee ihan solkenaan verta nenästä. Eikä ole terkkari (terveydenhoitaja) paikalla. Tarvitsen äitiä!

Olin silloin opehuoneessa välitunnilla kirjoittamassa wilma-viestejä (sähköistä yhteydenpitoa oppilaiden huoltajiin), mutta tietenkin säntäsin heti viemään tyttöäni sairaalaan. Tajusin olevani harvinaisella tavalla etuoikeutettu. Opekollegat hoitivat oppilaideni valvonnan, ja Jassu sai apua läheisestä sairaalasta.

* * *

Kasiluokalla tytölläni sujuvat biologia ja valinnaisaineet hyvin, mutta ruotsi ja matematiikka alkavat tökkiä. Näissä viimeksi mainituissa tulee nyt paljon uutta asiaa opiskeltavaksi, mutta Jassu ei enää halua, että seuraan hänen läksyjen tekoaan (vaikka hän tuleekin läksyjensä kanssa omasta huoneestaan keittiöön, jossa itsekin puuhailen).

Samalla Jassun unelmat pienenevät. Ei enää vaihto-oppilaaksi Brasiliaan...ehkä urheilulukioon Tampereelle? Tai sitten ihan tavalliseen lukioon Hyvinkäälle. Ekaluokalla todettu hahmotusvaikeus ilmoittelee itsestään edelleen, geometrian lieriöt ja suunnikkaat ja muut kummalliset muodot ovat tytölleni hankalia ymmärtää.

Pioneeriryhmäksi (ensimmäiseksi kokeiluksi) kootulla urheiluluokalla kuitenkin jatkuu vahva yhteishenki. Mukaan tulevat lajiintutustumiset tarkoittaen, että kaikki osallistuvat yhden lajin harjoituksiin.

Jääkiekkoilijat olivat kuulemma tukka hiessä todenneet, että taitoluistelijoiden treenit olivat hurjemmat kuin heidän omansa.

Jasmin pitää myös ratsastuksesta, jonka valmentaja oli kysynyt, onko Jassulla enemmänkin kokemusta hevosista, kun näin hyvin sujuu.

-Eipä ole paljon kokemusta, ikävä kyllä. Vain muutama kerta talutusratsastusta. Äiti on allerginen, ei se voi viedä mua tallille.

Mutta Jassu oli saanut kokemusta isosta koirasta, ehkä se auttoi hevostelussakin. Jaakon ulkoiluttamat spanielit kuuluivat hänen äitipuolelleen, joka jotenkin otti itseensä meidän naimisiinmenostamme. Spanielien omistaja ei enää halunnut Jaakon kävelyttävän koiriaan (varsinkaan minun kanssani), joten puolisoni alkoi miettiä meille omaa, isoa koiraa. Jaakon toiveena oli labradori.

* * *

Harmittavasti, allergiani takia labu (labradorinnoutaja) ei käynyt. Oirehdin edelleen pahasti kaikista iholtaan "rasvaisista" eläimistä. Mutta sitten muistin lukeneeni jostain, että kiharakarvaiset eivät välttämättä aiheuta allergiaa lainkaan niin kuin suoraturkkiset verrokkinsa. Labradorinnoutajan sijaan siis tutustumaan KIHARAKARVAISEEN NOUTAJAAN!

Haimme pennun, kun Jasmin oli 9-vuotias. Pian hän jo käsitteli Bongoa varmaotteisesti. Jassu ymmärsi, että Bongo oli isosta koostaan huolimatta luonteeltaan ihan pehmo. Bongon itsevarmuutta nakersi varmaan epilepsiakin, joka koiralle puhkesi puolitoistavuotiaana. Kohtauksia on säälittävää katsoa, mutta toisaalta epileptinen lemmikki on opettanut Jassulle vastuuntuntoa. Jassukin pystyy tarvittaessa antamaan Bongolle päivittäisen, nieltävän lääkityksen.

* * *

Kasiluokan kevääseen mennessä Jassun vapaa-ajan hengailupaikka oli vaihtunut Willan kauppakeskuksesta "skeittiparkeille". Kai siellä jotkut skeittasivatkin, mutta katsojat eli "räkikset" maistelivat tupakkaa, nuuskaa, kiljua ja virolaista vergiä. Ja skeittailupuistosta lähdettiin suoraan yökylään. Oli huojentavaa, että Jassu kotiuduttuaan kuitenkin kertoi kuulumisiaan.

-Äiti, en mä mennytkään Rosalle yöksi, vaan Henkalle.

-Oho (kyseinen Henri oli oppilaani)! No missä sä nukuit?

-Henkan sängyssä.

-Jaha. Missähän Henkka sitten nukkui?

-Myös Henkan sängyssä.

Hmm. "Esiliinojen" aika alkoi selvästikin olla ohi, eli Jasmin ei enää tarvinnut tuekseen kaveriporukkaa tai minua, kun halusi tutustua poikaan.

Rasismilta tyttöni on ilmeisesti paljolti välttynyt, varmaan valoisan ja sosiaalisen luonteensa ansiosta. Mutta Henkan isälle Jassun löytyminen Henrin luota taisi olla liikaa, koska pojan suhtautuminen Jassuun muuttui äkisti hyvin torjuvaksi. Tunsin Henrin isän ajatusmaailmaa hieman, koska olin toiminut Henrin isoveljen luokanvalvojana.

Kun Jasmin pääsi kasiluokalta, olin 50-vuotias, enkä tuntenut oloani mukavaksi tämän ikäisessä kehossa. En ollut nuori enkä vanha, opettajana kuitenkin menetelmiini jo urautunut – mitä oikein olin? Jaakko oli täyttänyt 50 vuotta edellisenä vuonna, ja pyörittelimme ajatusta kahden heinäkuun väliin tammikuulle sijoittuvista "puolivälijuhlista". Mutta emme kuitenkaan jaksaneet niitä järjestää. Minun äitini ja Jaakon isän heikkenevä terveys huolettivat, kuten myös Jaakon stressaava työtilanne. Jassu reagoi kodin kiristyneeseen ilmapiiriin hakemalla säpinää kavereiden mukana kauppakeskus Willasta. Ehkä maisemanvaihdos olisi perheelleni tarpeen? Itse ainakin olin väsynyt omakotitalon kunnossapitoon. Aloin harkita talon myyntiä.

6. MYSTEERIMEININKIÄ SKEITTIPARKEILLA, LUISTELIJANA JA KIINASSA

-Pitää saada skootteri! Sitten ei enää tarvitse körötellä hankalasti bussilla, ja opin taas lisää vastuutakin, kun pidän skootterin kunnossa.

Jassun "pitää saada" –vaatimukset ärsyttävät Jaakkoa, mutta skootteri hankitaan. Tosin tässä joudun käymään tyttöni kukkarolla eli ottamaan ostorahan hänen perhe-eläkkeestään, jota hän saa isänsä kuoleman takia. Perhe-eläkkeen käyttöä valvova maistraatti ei onneksi asiasta älähdä, ja Jassun ajo-opetuksen kuitenkin kustansin.

Ajo-opettaja kehuu Jassun rohkeutta skootterin käsittelyssä ja valmiutta kallistaa skootteria kaarteessa. Ajattelen, että siinä se minun tyttöni taas antaa parastaan. Luistelutausta ja synnynnäinen räväkkyys tuovat hänelle mopo-ajokortin helposti.

Uuden skootterin ajaa meille kotiin rinnakkaisluokan poika, Jassu tarakalla, koska tytön ajo-opetus on vielä kesken. Maksan kyydistä 5 euroa ja vien pojan autolla takaisin omalle mopolleen. Mietin, kuinka erikoista on olla töissä Jassun ikätovereiden opena.

Skeittiparkit olivat villimpi juttu. Omassa nuoruudessani vastaava taisi olla Viertolan luistelukenttä. Alkoholia liikkui sielläkin. Välillä luisteltiin, sitten mentiin pukukoppiin hörpyille. Mutta nyt skeittiparkeilla joku tyttö oli tosiaan ollut vähällä kuolla kiljun yliannostukseen, ennen kuin muut nuoret olivat tajunneet hälyttää apua. Jasmin oli menettänyt myös koulukumminsa Julian (hän oli viitosluokkalaisena opastanut ekaluokkalaista Jassua). Koulukummi oli lukioikäisenä heittäytynyt epäonnisen rakkaussuhteen lopuksi junan alle. Lisäksi ainakin viisi Jassun tuntemaa nuorta on tähän mennessä kuollut huumeisiin.

Kuinka rankassa maailmassa 2010-luvun teinit oikein elävät?

16-vuotias, toisen asteen opinnot aloittanut Jassu kertoo, että jo kaksi hänen opiskelukaveriaan on yrittänyt itsemurhaa. Toisaalta Hege, jolle Jassu toimi koulukummina, pärjäilee nyt urheiluluokkalaisena Vehkojan koulussa. Jassu muistelee yhtä useista tapaamisistaan poliisin kanssa: "Ne tuli skeittiparkeille, me juostiin päätä pahkaa metsään ja piilouduttiin puiden taakse".

Yllättäen teini-Jassu myös luki kirjoja, enimmäkseen synkkiä, dystopioista (huonoista tulevaisuuksista) kertovia nuortenkirjoja. Ei siis ollut odottamatonta, että Jassu alkoi kasiluokkalaisena käyttäytyä kireästi, mutta en myöskään tiennyt, mitä olisin asialle tehnyt. Muistisairas mummi hiiviskeli ikkunoiden takana.

Jassu ei jaksanut tiskata käyttämiään astioita. Jaakon ja Jassun välit alkoivat huonontua. Otin punaviiniä.

Alkoi olla selvää, että luistelussa tyttöni ei enää pystynyt kirimään entiselle tasolleen. Niveliin sattui, tasapaino petti. Se oli taas ilmeisen kova kolhu hänen itsetunnolleen. Valmentajakin vaihtui. Eläkkeelle jääneen, koulutukseltaan pätevän jumppaopen, tilalle tuli kunnianhimoinen, kolmikymppinen kampaaja, joka ei Jassun kertoman mukaan ollut kovin ymmärtäväinen. Ilmapiiri luisteluseurassa muuttui, no jos näin voi sanoa, jäiseksi.

Kasiluokan keväällä 15 vuotta juuri täyttänyt Jasmin viipotti ympäriinsä tuhatta ja sataa. Koulun vanhempainillassa joku nuorisoasiantuntija oli maininnut, että kasi- ja ysiluokan välisestä kesästä voi tulla tähänastisista haastavin. Oli hyvä, että kuulin tämän, koska itse aloin riehua vasta 17-vuotiaana, palattuani vaihto-oppilasvuodelta.

Yhteydenpito Taiteellisen Lootuksen kanssa samalla reissulla Suomeen haettujen muiden Kiina-tyttöjen kanssa oli vähitellen hiipunut, vaikka vielä tyttöjen alakouluvuosina aina joku meistä adoptiovanhemmista oli järjestänyt kesätapaamisen. Adoptio ei enää kasiluokalla ollut pinnalla Jassun agendassa (ajatuksissa). Adoptioperheet-yhdistyksen lehdestä luin hollantilaisesta tutkimuksesta, jonka mukaan kansainvälisesti adoptoiduista onnellisimmiksi itsensä kokivat he, jotka olivat jättäneet taustansa pohtimisen sikseen ja ponnistaneet uudessa kotimaassaan elämässä eteenpäin. Ja tätähän Kiina-tyttöni nimenomaan teki. Hän tunsi itsensä suomalaiseksi, koska oli suomalaisten keskellä kasvanut.

* * *

Minulle mystisiksi jääneissä oloissa skeittiparkeilla Jassu tutustui läheistä Tapainlinnan yläkoulua käyneeseen kaveriporukkaan: Timi, Ville-Veikko, Lenni ja Valtteri. Ja sitten koittikin jo rippikoulu.

Multainen Jeesus ei enää vienyt Jassun ajatuksia, vaan skeittiparkeilla tavattu Valtteri. Keskikesän rippileiritykseen kypsähtänyt Jasmin keksi jonkin iltahartauden jälkeen ottaa puhelimellaan yhteyttä Valtteriin. Aikaisista rippileirin aamuherätyksistä nuutunut Jasmin ja kesätyössään väsynyt Valtteri sitten nukahtivat kesken viestittelynsä. Minäpä jouduin tietenkin selvittämään teleoperaattorin kanssa, mitä tuosta 8 tuntia auki olleesta puhelinyhteydestä laskutetaan.

16-vuotias Jasmin kommentoi: se puhelu kylläkin tapahtui luisteluleirillä, joka pidettiin ennen rippileiriä.

Jassun rippijuhlat vietettiin heinäkuun alussa – kalliisti, mutta tunnelmallisesti – Teesalonki Sylviassa. Kirkossa oli sitä ennen pidetty jumalanpalvelukseen liittyen rippilasten siunaus, johon tyttöni siunaajaksi tuli Melina, kaveri luistelusta. Hän ei ollut aivan täysi-ikäinen, mutta sitähän ei papille kuiskittu. Melina oli kuitenkin Jassulle kuin isosisko. Tiesin tyttöni puhuneen Melinalle asioista, jotka olivat ehkä liian herkkiä kerrottaviksi minulle.

Pidin juhlissa Jassulle pienen puheen, jossa selostin hänen elämänvaiheitaan, ja päätin Jassun minulle lausumaan toteamukseen:

-Äiti, mulla menee nyt hyvin!

"Yhden iloisen linnun laulu täyttää koko metsän," sanottiin jossain aforismissa (ajatelmassa), minkä toistin puheessani. Jassuhan on ollut sellainen lintunen, joka on useimmille Suomessa tapaamilleen ihmisille tuonut eksoottisen, virkistävän kokemuksen.

* * *

Vaikka Taiteellinen Lootus ei ollutkaan näinä aikoina kiinnostunut syntymämaastaan, matkustimme sinne heinäkuun puolivälissä. Bongo-koiralle oli löytynyt hoitopaikka opekollegani Päivin luota, ja sukulaisilta 50-vuotislahjaksi saamani matkalahjakortti piti viimeistään tähän aikaan käyttää, joten Beijingiin (Pekingiin) siis!

* * *

Yölennon jälkeen tihrustamme saapuvien lentojen hallissa kyltin pitelijää, joka veisi meidät hotelliimme. Olin vanhanaikaisesti palkannut matkatoimiston järjestämään reissumme, sen sijaan että olisin tehnyt kaikki varaukset itse netissä – juuripa välttääkseni virheet. Mutta kuljettajaamme ei näy eikä kuulu.

Menen lentokentän infotiskille, jossa vähäisesti englantia ymmärtävät neitokaiset pohtivat, onko hotelliamme edes olemassa, onko huonevarauksemme olemassa ja onko antamamme osoitteen läheisyydessä kenties jokin toinen hotelli, johon voisimme mennä. Alan tuntea paniikkia hiusrajassani asti.

Jaakko ja Jassu eivät tiedä Kiinasta mitään, he ovat ymmällään, mutta eivät peloissaan. Entisestä kokemuksestani muistan, että Kiinassa on helppo tulla huijatuksi. Nämä kaksi kanssamatkustajaani luottavat minuun: kai minä tilanteen selvitän, kun olen aiemminkin täällä ollut?

Kiina on 15 vuodessa muuttunut paljon, vaurastunut ja unohtanut adoptiot. Uskaltaudumme viimein paikallisen taksin kyydissä hotellille, näemme Beijingin esikaupunkien tornitalot ja olympiahuuman jälkeen paljon viihtyisämmäksi rakennetun keskustan. Puitakin kasvaa nyt jokseenkin kaikkien keskustan katujen varsilla.

Keikkansa unohtanut lentokenttätaksi soittaa, tarjoaa alennushintaan retkeä Kiinan muurille. Mikäpäs siinä, muurille olisikin kiva päästä. Ja sinne myös mentiin. Kiviportaat ylös olivat uskomattoman jyrkät, minua alkoi huimata. En kuitenkaan uskaltautunut vaijerihissiin, joten piti nyt sitten kiivetä ihan omilla lihaksilla se vajaan kilometrin matka ylös. Jassultahan tämä sujui, hän jopa juoksi Jaakkoa ja minua vastaan muurin huipulla (jossa onneksi oli kiviset kaiteet, etteivät turistit horjahtaneet rotkoon). Takaisin palatessa ihailin sinihäntäisiä sisiliskoja. Maasto oli rehevää metsää, ilmeisesti rauhoitusaluetta. Sirkkojakin nähtiin, ne sirittivät.

Lähdimme omatoimimatkalle Kiinaan, koska valmismatkoja ei Beijingin helteisen kesän aikana Suomesta järjestetty. Syntymäosavaltioonsa Hunaniin Jassu ei haikaillut, jo Beijing oli hänelle iso elämys.

Taiteellinen Lootus shoppailee, ostaa merkkiliikkeistä vaatteita ja Tapainlinnan pojille sormissa pyöritettäviä spinnereitä. Minä ihmettelen, kun tyttö kielimuurista huolimatta haluaa osallistua Wanfuzing-kadun STREET DANCEEN (katutanssiin). Siellä Jassu oppii askeleet nopeasti. Minua naurattaa taas, nautin kun tyttöni on tyytyväinen.

Jassu kuitenkin sanoo, että olo on outo. Hän tapaa itsensä näköisiä ihmisiä, mutta ei pysty puhumaan yhteistä kieltä. Hotellista tulee turvapaikkamme. Siellä nukun keskipedissä, Jaakko käytävän erottamana toisella ja Jassu toisella puolellani. Jaakko ei ymmärrä Jassun intoa vaateostoksiin.

Valtteri on antanut käyttämänsä t-paidan Jassun matkatavaroihin nuuhkittavaksi siltä varalta, että reissussa yllättäisi koti-ikävä. Jassu nuuhkii paitaa hotellihuoneessa. Kauppojen ja ravintoloiden henkilökunta ei useinkaan tajua, että Jassu kuuluu seurueeseemme. Hänet ilmeisesti luullaan uteliaaksi paikalliseksi ipanaksi, joka seurailee meitä länsimaisia "isoneniä".

Kun kävelemme kartan kanssa kohti Kiellettyä kaupunkia, meidät pysäyttää Tony, joka kertoo olevansa laillistettu opas. Lähdemme hänen mukanaan kierrokselle keisarin asuinpiiriin. Kivilinna on laajuudessaan mykistävä, mutta eniten mieleeni jäävät kultakalat tynnyreissään. Kaloja on ilmeisesti jalostettu tuhansia vuosia, keisarien ajoista asti. Niiden evät liehuvat, silmät pullottavat, ja oranssiset värit hehkuvat. En osaa mielessäni päättää, onko tämä eläinrääkkäystä vai huolenpitoa.

*　*　*

Paluulennolta päästyämme haemme Bongo-koiran heti kotiin. Hoitaja Päivi onkin jo ehtinyt häkeltyä, koska koiruus on latkinut ihmisten aamukahvit aamiaispöydältä kahvikupeista parempiin suihin. Tuon hoitajalle kiinalaista teetä. Bongo on huojentunut kotiinpääsystään. Yhtään epilepsiakohtausta ei hoitojakson aikana koiralle onneksi sattunut.

7. VALTTERI JA ONGELMAINEN YSILUOKKA

Beijingistä palattuamme Jassu jatkoi iloista kesänviettoaan. Hänen tuolloin läheisin tyttökaverinsa Ida sekä Valtteri, Lenni, Timi ja Ville-Veikko heiluivat yötä myöten Hyvinkään urheilupuistoissa, Usmin uimarannalla tai Kulomäessä grillaamassa. Toivoin etteivät koko mäkeä polttaisi.

Kesän kruunasi Weekend-festivaali Espoossa. Jassu soitti sieltä minulle innoissaan:

-Äiti, saanko tehdä Valtterin kanssa benji-hypyn?

-Kuinka korkealta?

-60 metristä!

Mietin pikaisesti, että en ollut kuullut benji-hypyissä kuolleista. Niinpä sydän sykkyrällä annoin luvan hyppyyn. Ida, Timi, Ville-Veikko ja Lenni pysyttelivät kuitenkin maakrapuina.

Jassu aloitti ysiluokan reippain mielin. Edessä olisi "kuningasvuosi" ja toimiminen tukioppilaana uusille seiskaluokkalaisille. Jaakko alkoi kuitenkin vältellä Jassua. Shoppailumme Kiinassa, Jassun lävistäjällä laitattama napakoru ja myös – taas kerran - uuden puhelimen ilmaantuminen Jassulle olivat asioita, joita Jaakko ei sulattanut.

Äidilleni järjestyi palveluasumispaikka lokakuussa. Veljeni Esa, hänen poikansa Veini, Jaakko ja minä siirsimme kalusteita vanhempieni asunnosta äitini laitoshuoneeseen sillä aikaa, kun isä ajelutti äitiä autolla ympäriinsä. Äiti vastusti rajusti laitokseen joutumistaan.

Itse havahduin olevani jo 51-vuotias. Iski ikäkriisi, tajusin että tästä alkaa vanheneminen. Jaakon ja Jassun mielipidettä kysyttyäni päätin laittaa kotimme myyntiin. En halunnut jäädä vanhenemaan taloon, joka oli jo valmiiksi vanha ja työläs ylläpidettävä.

Jassu innostui muuttoajatuksesta. Hän oli jo pitempään halunnut pois Paavolan lähiöstä, jossa hänellä ei enää ollut kavereitakaan. Koulussa hänen lähimpiä ystäviään olivat nyt urheiluluokan koripalloilijatytöt. Toki Jassun laajempaan tuttavapiiriin kuuluivat lähes kaikki noin sadasta ysiluokkalaisesta.

Biologiaa tytölleni opetti ysiluokalla Päivi-kollegani, joka oli kesällä hoitanut Bongoa. Välillä Jassu poikkesi omalta biologian tunniltaan minun pitämälleni 9D:n tunnille, jolla sitten pohdimme monisteiden täytön ohessa kiperiä pulmia Jamin, Santun ja Villen kanssa.

-Jos 16-vuotias kundi on tottunut tyttöystävänsä kanssa säännölliseen seksiin ja muuttaa sitten Ouluun, voiko se suhde jatkua?

Kyse oli heidän kaveristaan Oliverista. Koko ryhmä kuunteli enemmän tai vähemmän korvat höröllä. Silloin tunsin itseni pikemmin heidän kaikkien äidikseen kuin opettajaksi. Kysymykseen vastasin, että vaikuttaa haasteelliselta. Mutta lähes vuotta myöhemmin sain Jassulta kuulla, että Oliverin ja tytön yhteydenpito jatkuu, koska Oliver pääsee välillä käymään Hyvinkäällä.

Valtterin äiti muutti marraskuussa 2017 Hyvinkäältä Janakkalaan, ja Jassu murehti oman suhteensa jatkoa. Lohduttelin, että Janakkala ei sentään vastaa Oulua, ja viikon väleinhän Valtteri käy isänsä luona Hyvinkäällä.

* * *

Marraskuussa 2017 Jassu myös osallistuu pitkästä aikaa luistelukilpailuun, tällä kertaa hänelle uudessa aluejuniorit-sarjassa. Yritteliäs tyttöni on ottanut taas käyttöön kahden vuoden takaisen parhaan kautensa musiikin ja koreografian. Silti hän kaatuu hyppynsä, vaikka eläytyykin ohjelmaansa täysillä. Hän sijoittuu kahdeksan kilpailijan sarjassaan neljänneksi. Palkintokolmikosta ulos putoaminen hiertää Jassua kuin hiekka hampaissa. Se kilpailu jää hänen viimeisekseen.

* * *

Koulussa opet pitävät perusteellisia kokeita ja päättöprojekteja. Jassu alkaa väsyä ja stressata. Hän on suunnitellut jatkavansa lukioon, mutta kun huomaan hänen kuormittumisensa, alan puhua ammatillisen koulutuksen puolesta. Siitä olisi sekin hyöty, että jos minulle (hänen ainoana huoltajanaan) tapahtuisi jotain, tytöllä olisi sentään hankinnassa taito, jolla elättää itsensä.

* * *

Vuodenvaihteesta alkaen Valtteri yöpyy Jassun luona viitenä peräkkäisenä viikonloppuna, ja hän tekee tytöstäni naisen. Kuudes yöpyminen keskeytyy Valtterin äkilliseen häipymiseen ja Jassun itkuun. Nuori naiseni sopertaa heidän eronneen. Suhde käpertyi liian tiiviiksi, iloisen kesän jälkeen pelkäksi nysväämiseksi Jassun huoneessa.

* * *

Jaakolle ja minulle tulee riitoja raha-asioista ja suhtautumisesta murrosiässään syvimmillään räpiköivään Jassuun. Taloani markkinoiva kiinteistönvälittäjä laittaa internettiin "itkeäkö vai nauraako" –tason epäonnistuneita kuvia talostani. Mukana on sellainenkin kuva, jossa ikkuna-amppelissa kasvatettu huonekasvini on muuttunut aivan mustaksi. Jassu haluaa lopettaa luistelun. Koulussa hänen ruotsin ja matematiikan suorituksensa ovat hädin tuskin kuutosen tasoa.

Kaikki asiat tuntuvat jumittavan.

Jasmin itkee tilannetta "erkalle", erityisopelle. Tämä ohjaa Jassun koulukuraattorille, joka toimittaa meidät sosiaalitoimen perhetyön piiriin. Minua nolottaa, mutta havahdun. Käyn kiittämässä erityisopea.

Keväällä vaihdan kiinteistönvälittäjää. Jassu kertoo, että Valtteri viestittelee hänen kanssaan edelleen. Uusi kiinteistönvälittäjä löytää kuin löytääkin talolleni ostajan. Valtteri käyttäytyy hyvin ailahtelevasti, mutta pikku hiljaa hän ja Jasmin palailevat yhteen. Valtteri sanoo, että hänen on vaikea luottaa ihmisiin, edes Jassuun. Uskomattoman sitkeästi Jassu silti kestää Valtterin epätietoisuuden hetket. Jassu vain on hyvin väsynyt, viettää suurimman osan vapaa-ajastaan sängyssään lojuen.

Vehkojan koulun kevätjuhlapäivänä, perjantaina, puhelimeeni piippaa Jassulta viesti:

-Tule kuviksen luokkaan!

Siellä kohtaan varsinaiset vollottajaiset. Joanna itkee luistelun lopetustaan. Jassu itkee Valtteria, ja neljä saman luokan tyttöä yrittää rauhoitella näitä kahta drama queenia.

-Äiti, someen on laitettu kuvia, missä mä poseeraan meidän luokan poikien kanssa. Näissä tän päivän juhlavaatteissa siis.

-No mikä ongelma..?

-Valtteri on suuttunut ja estänyt mut kaikista some-tileistään!

Jassun päättäjäispäivä oli siis menossa massiivisella tavalla pieleen. Taivuttelin tyttöni kuitenkin kertomaan minulle Valtterin puhelinnumeron, ja lähetin kundille tekstiviestin. Vielä samana päivänä Valtteri palautti Jassulle pääsyn some-tileihinsä.

Samana viikonloppuna, sunnuntain vastaisena yönä, Jassu herättää minut aamuneljän jälkeen. Kuulemma Valtteri kysyy, voimmeko hakea hänet Järvenpäästä, jossa hän on poikien kanssa juhlinut päättäjäisiä liikaa ja myöhästynyt viimeisestä junasta. Haemme aamuyön auringonnousussa Järvenpäästä aika hiljaisen kundin ja hänen kaverinsa Lennin. Viemme Lennin kotiinsa, Valtteri tulee nukkumaan meille.

8. AALLOT VIEVÄT ETEENPÄIN

Ysiluokan keväällä nuori naiseni pääsee pikalähetteellä polvileikkaukseen, jossa poistetaan kipua aiheuttaneet plica-rustot. Kirurgi halusi leikata ennen kuin Taiteellinen Lootus täyttäisi 16 vuotta, jotta potilasta kohdeltaisiin sairaalassa vielä lapsena. Leikkaus tehtiin neljää päivää ennen neidin synttäreitä. Sain saattaa Jassun leikkaussaliin ja pidellä häntä kädestä, kunnes nukutusaine vaikutti.

Kesällä Jassu sitten risteyksessä autoa väistäessään kaatuu skootterillaan, ja reväyttää nivelsiteet kyynärpäästään. Ne kiinnitetään leikkauksella elokuussa, jolloin minulla koulu on jo alkanut. Siksi Jassu värvää saattajakseen sairaalaan Valtterin, joka tosin livistää jo ennen leikkaussalia.

-Äiti, mä varmaan ansaitsisin kanta-asiakaskortin sairaalaan, puuskahti Jassu tuolloin. Hän oli päätynyt sairaalan päivystykseen vuosien varrella jo aiemmin useita kertoja, milloin luisteluvammojen, milloin runsaiden nenäverenvuotojen takia.

Kaiken aikaa Jasmin silti säilytti optimistisuutensa (uskonsa elämään). Minulle hän selosti:

-Haluaisin tällaisen pienen tatuoinnin. Se esittäisi meren aaltoja. Niiden mukana minunkin elämä menee eteenpäin, iskän kuolemasta ja muista vaikeuksista huolimatta.

Jassu lopetti luistelun, mutta jatkaa vielä palkattuna pienten luistelukoululaisten ohjaajana. Sai tatuointinsa. Päätti peruskoulun jälkeen lähteä kosmetologikouluun Riihimäelle, tavoitteenaan suorittaa myös neljän kirjoitettavan aineen suppea ylioppilastutkinto (kaksoistutkinto). Se kuitenkin vaati

Riihimäen aikuislukiossa enemmän itseohjautuvuutta kuin mihin Jasmin pystyi. Häntä itketti lukiosta luopuminen, koska "kaikki muut tässä suvussa ovat käyneet lukion". Mutta rohkaisin, että elämään vievät monenlaiset polut.

Aikanaan ehdotin Jassulle 12-vuotislahjaksi käyntiä kosmetologilla oppimassa ihon puhdistusta ja meikkausta, mutta silloin hän arveli osaavansa nämä ilman opastustakin. Nyt hän pelottelee minua tarjoamalla käsi- ja jalkahoitoja, joihin kuuluu kovettumien vuolenta skalpeerausveitsellä.

Jasmin etsii myös uutta liikuntaharrastusta. Harkinnassa ovat showtanssi tai fitness, kunhan kyynärpääleikkauksen jälkeinen liikuntakielto marraskuussa päättyy.

Syksyllä Jasmin sanoo, yllättäen: "Vaikka se ammattikoulun lääkäri toteaisikin mulla sen epäilemänsä fibromyalgian, niin haluan aloittaa luistelun uudelleen. Varsinkin, kun se ikävästi käyttäytynyt valmentaja on lähtenyt." Muistutan, että sitten on mentävä sen mukaan, mitä keho kestää, eikä ylisuorittaen. Luisteluseura suostuu Jassun "joustavaan paluuseen".

* * *

Kun talolleni löytyi ostaja, meillä tietenkin alkoi vipinä uuden kodin löytämiseksi. Haimme uudehkoa, yksikerroksista omakotitaloa, mutta sopivaa ei tuntunut löytyvän. Sitten huomasin netissä ilmoituksen erikoisesta rivitaloasunnosta. Jassu kertoi huomanneensa saman, mutta luulleensa, etten olisi ollut kiinnostunut. Mutta tämä oli taas niitä tilanteita, kun vaistosin, että nyt pitää heittäytyä. Kesäkuussa 2018 muutimme "muumitorniin", ovelasti 4-tasoiseksi porrastettuun rivitalon päätyasuntoon, vasta kymmenisen vuotta sitten rakennetulle asuinalueelle. Bongo pääsee kiipeämään kahden alimman kerroksen väliä, mikä näyttää riittävän vanhenevalle koiralle. Jaakko käyttää lähinnä näitä kerroksia ja pitää Bongolle seuraa.

Asunnon naapurista erottava seinä on tiilestä muurattu. Äänet eivät kuulu asunnosta toiseen, mikä mielestäni on tässä asumismuodossa arjen luksusta. Jassun kaverit asuvat nyt lähellä, Valtterin isäkin viereisessä korttelissa. Jassu jopa vähän nolona tunnusti hyppineensä muumi – taloyhtiön trampoliinilla edellisvuoden kesällä kello kahdelta yöllä. Kysyin, aiheutuiko siitä ongelmia, mutta kuulemma ei. Pitkästä aikaa tunnen viihtyväni kotona, kun ei ole huolta remonteista.

Taloyhtiön rinnetontti rajoittuu vilkasliikenteiseen katuun ilman mitään aitaa. Olen pitkin kesää istunut Bongo-koiran kanssa yhtiön pihanurmella katselemassa ohi vilistävää liikennettä ja odottamassa milloin Jaakkoa, milloin taas Jassua kotiin. Tykkään tästä ajanvietteestä. Nyt asun mukavasti, hyväksyn vanhenemiseni. Ja hoidan akvaariotani, jonka harrastuksen alkuun isäni auttoi minut, kun olin 10-vuotias.

Jassu käy silloin tällöin tyttöjen kanssa syömässä, mutta ei enää kuumeisesti kulje yökylissä. Sen sijaan Valtteri tulee Jassun luokse ja välillä yöpyykin. Janakkala ei siis ole liian kaukana.

Viimeistelin tyttäreni tähänastisen elämäkerran syyslomallani lokakuussa 2018. Jassu kertoi kommenttinsa paria viikkoa myöhemmin.

* * *

Marraskuuhun 2018 mennessä Jasmin on hälytetty jo moneen kertaan apuvalmentajaksi nuoremmille luistelijoille, ja he ovat Jasminin mukaan tykänneet hänen ohjauksestaan. Nuori naiseni suunnittelee pätevöitymistä varsinaiseksi valmentajaksi. Valtteri on suorittanut auton ajokortin aikaistetusti. Jassulle on myös tilattu opetusauton varusteet. Ajo-opetus on suvussani perinne: isoisäni opetti isäni, hän opetti minut, siskonsa Ritvan ja veljeni Esan. Pian kiinattareni ja minäkin lähdemme yhdessä liikenteeseen, kohti uusia seikkailuja.

Jasmin on korona-keväällä 2020 täysi-ikäistynyt ja haluaa suojella yksityisyyttään, joten en enää tarkempia tietoja hänen vaiheistaan kerro. Paitsi että hän sai ohjauksessani auton ajokortin ja edelleen hengailee Valtterin kanssa.

Kiitokset Jassu matkasta, jonka sain tehdä kanssasi ehkä vähän erilaisena äitinä. Luotit minuun kuitenkin. Olet hankkimassa koiranpennun, jonka myötä sinäkin varmaan perehdyt aikuisuuden haasteisiin.